石井辰彦

あけぼの杉の
竝木を過ぎて

あけぼの杉の並木を過ぎて／石井辰彦

書肆山田

あけぼの杉の並木を過ぎて

I

あけぼのの杉の竝木を過ぎて

行《ゆ》き過ぎて踵《くびす》を返す。暮《く》れ泥《なづ》むわが生涯の荒れた隘路に
妻孥《サイド》無き身の燕安《エンアン》を謂《い》ふ毋《なか》れ。夕べ羨《とも》しぶ、窓《まど》のあかりを
生を賜ひしは母。その罪深き子がみづからを死に驅り立てる

到來《タウライ》の薔薇の香水《パルファン》。生きながら腐臭《フシウ》を放つ身に振りかける

ひとり居て宿世《スクセ》つたなき己《おの》が身を、嗤ふ。謐《しづ》かに星の降る夜《よ》に

畢命《ヒツミヤウ》の時には悔いむ。若き日に汗にも血にも塗《まみ》れざりしを

時の間《ま》に未來の花も色褪せる。片眠《かたねぶ》りした蕾のままで

生きられるだけ生きてたも。濡髪《ぬれがみ》が母も身が亡き母も冀《ねが》ひぬ

溷濁《コンダク》の意識の淵を覗き込む。犬にも劣る獸《けだもの》として

鶸色《ひはいろ》の星が流れる。失はれゆく時をわがいとほしむ時

轉寝《うたたね》の中に夢みる。眠りの神《ヒユプノス》のものみな眠る宮居《みやゐ》のさまを
ひと張《はり》の緋色の天幕《テント》。名を持たぬ奴僕《ヌボク》が怨讐《エンシウ》の燈《ひ》を點す
盜汗《タウカン》に濡れて目覺めぬ。添《そ》ひ臥《ぶ》しの若者の姿は疾うに、消え
今日《けふ》もまた死は驕る。わが黄髮《クワウハツ》は染めても死には剋《か》たむとすまじ
蛆蟲を臑《すね》に這はせてゐるこゝろ。曉《あかとき》、ひとり寝の夢の中
東天に仰ぐ戈星《ほこぼし》。この年をわが巡禮の年と定めて
計《はか》らずも母の胸乳《むなち》が面影に立つ。死神《タナトス》の胸に憑《よ》りゐて

涼やかに死を豫感する。來《こ》し方の波瀾も淡い思ひ出となる
晨鐘《ジンジヨウ》を聆《き》かで旅立つ。忘却《レーテー》の流れをひとり徒渉《かちわた》るべく
白《しら》みゆく空を見上げる。泣きながらあけぼのの杉の竝木を過ぎて

II

新・七竈

Довольно! С ясною душою
Пускаюсь ныне в новый путь
От жизни прошлой отдохнуть.

—Александр Пушкин, *Евгений Онегин*

言の葉も心も染まる――　見霽かすかぎり七竈《ななかまど》の赤き海

☆

果てし無き大地の周圍《めぐり》　萌え出づる詩句の薫《かをり》にただ噎せ返る

山巓《サンテン》に消え殘る雪　金剛石《ギヤマン》の雨を降らして告天子《ひばり》が揚がる

湯槽《ゆぶね》には牡丹花咲《はなさ》く　男等は廣き背と聳ゆる意志を持つ

麻の葉は淺葱《あさぎ》に烟《けぶ》る　貝寄風《かひよせ》は兄貴の頰を誑《やさ》しく嬲《なぶ》る

初見世《はつみせ》の娼婦が隱す和艸《にこぐさ》の丘に假寢《かりね》の兒《こ》の狩《かり》ごろも

紫磨金《シマゴン》の百合の花粉を身に浴びて暫《しま》し彳《たたず》む　男妾《ジゴロ》みたいに

あやまちの愛と諦め雨の夜《よ》にあてどもなしに呷《あふ》る灰酒《あくざけ》

星空が天蓋《テンガイ》　樫の寢臺《シンダイ》も拾ひ來た子を抱《いだ》けば軋む

君の名は倦怠の中　朽ちかけて薔薇は降《ふ》り頻《し》く淫雨《ながあめ》の中

帆が孕む鹹《しほから》き風　水兵の頸窩《ケイクワ》に太陽神《ポイボス》の征矢《そや》が立つ

☆

蝙蝠《かはほり》は黄泉《よみ》ゆ飛び來る　終列車からの汽笛も今がた聞いた

雨浴器室《シャワー》には君と僕　それだけで胸が騒いだ宿昔《シュクセキ》の朱夏《シュカ》

少年の乳首《ちくび》は痛む　洗ひざらしの盗汗《タウカン》の襯衣《シャツ》に擦《こす》れて

紫紺《むらさき》に匂《にほ》へる海を若者は見放《みさ》く　無代《ムタイ》な大志《タイシ》を懷《いだ》き

諸肌《もろはだ》を脱いだ男が自轉車を漕ぐ　陽光《ヤウクワウ》の飛雨《ヒウ》に擊《う》たれて

四辻《よつつじ》を神輿《みこし》が渡る　朱鷺《とき》色《いろ》に燃え立つ肉の濤《なみ》に舁《か》かれて

荒磯《あらいそ》に攫ひに行《ゆ》かな　身ばかりか訖《つひ》に心も素裸《すはだか》の子を

眞四角の光は濺《そそ》ぐ　闃《ゲキ》として聲無き修道院の中庭《パテイオ》に

森といふ永遠《とは》の空閨《クウケイ》　壯年《サウネン》の獵男《さつを》がひとり寝て魘《うな》される

夕焼けの空へ打つ　明日《あす》出征の青年が魂の白球《ボール》を

☆

千萬《ちよろづ》の神をも拉《ひし》ぐ戀の神《クピードー》が花野に花色の花を摘む

初ものの桃の果汁に濡れた手で弄る《まさぐ》　夜學生《ヤガクセイ》が衣嚢《かくし》を
若者は向かう向き　その幸福《カウフク》に洋袴《パンツ》の尻《ケツ》もはち切れさうで
賓客《まれびと》は汀《みぎは》に立ちぬ　夢卜《ムボク》して召すてふ不羈《フキ》の武士《もののふ》として
遠ざかりゆくうしろ影　弟は兄に倣つて驕兒《ケウジ》を氣取り
血を歃《すす》り盟《ちか》ひし友と仰ぎ見る　空《そら》一杯の緋《ヒ》の満月を
生きようと惟《おも》ふ　月下《ゲッカ》の廢址《ハイシ》には人待顔《ひとまちがほ》の刺客《シカク》が一個《ひとり》
月影にまみれて刺《さ》し交《ちが》ふ　左派《サハ》の兄と恐怖主義者《テロリスト》の弟と

谿谷《ケイコク》の黄葉《もみぢ》の邑《むら》に鐘が鳴る　新月皎《しろ》く冴えかへるまで

熟れすぎた洋梨と月　戀人たちはひたぶるに夜《よる》に焦《こが》れて

煩惱《ボンナウ》の犬が組み敷く犬がゐる　微溫浴室《テピダリウム》の闇の深みに

☆

接吻《くちづけ》なさい犬じもの　初雪を受けて聖別された弓手《ゆんで》に

焰硝《エンセウ》の香《か》に顯《た》つ友を抱き締める　今宵霙《ひさめ》は吹雪《ふぶき》とならむ

茶梅《サザンクワ》の一枝《イッシ》を活《い》けて君は去る　小閒《こま》に夢魂《ムコン》の谺《こだま》が殘る

世に充てる詭辭《キジ》　深山《みやま》より僞《いつはり》の時雨に濡れて獵師《かりうど》歸る

眞つ白な二人の息が淆《まじ》りあふ　雙生兒《ふたご》の兄弟が擁《いだ》きあふ

雪路《ゆきみち》を尾《を》を統《す》べ歩む一匹の痩せ犬　大神《おほかみ》の末裔《すゑ》にして

☆

若者は居待ちの月を愛《うつく》しむ　穢土《ヱド》に生《む》まれて男となつて

茄子紺に匂《にほ》ふ曉《あかとき》　拔きみれば寢刃《ねたば》はすでに生血《のり》に汚《よご》され

戀男《こひびと》は兄で　二つの實在を行《ゆ》き交《か》ふ水は冱え渡りゐて

禁斷の戀といふ名の蟒蛇《うはばみ》がひと呑みにする　人類《ひと》も地球《チキウ》も
惨《むご》いほど清《す》んだ眼をした警官は犬　若くして死に取り憑かれ
舞踏家《ダンサー》は従兄弟同士《いとこどち》　その腰付《こしつき》が心の篝火《かがりび》を掻き立てる
宙《チウ》を飛び着地す　今や滔天《タウテン》の體操選手の腋窩《エキクワ》の昏《くら》さ
深深《シンシン》と深《ふ》けゆく夜に警《いまし》める　睦言《むつこと》の葉《は》の聲な泄《も》らしそ

☆

閒《あひ》の遊《すさ》びの吹奏作業《ブロウ・ジョブ》　蒼穹色《アジュール》の髪の天使が恥《やさ》しく喘《あへ》ぐ

朝露の消《け》ぬべき身には薔薇を彫る慣習《ならひ》　感化院の夜《よ》のほどろ
西風《ゼピュロス》の吐息に馨《かを》る火薬の香《か》　常世《とこよ》は遠し思ひ遣るだに

☆

召命《セウメイ》に曰く　――まことの歌人《うたびと》と地獄の門を名告《なの》つて通れ

Ⅲ

アフリカを望んで

物言はぬ岸邊よ語れ　若者の血に濡れわたる島の歴史を

今日《けふ》といふ日は如何《いか》な日か　濱風に靡く葡萄の葉に蝸牛《かたつむり》

鹽田《エンデン》に眞對《まむか》ふ窗《まど》を推しひらく　晨朝《あした》ひとりの旅人として

外國《とつくに》に夙に目覺めて以爲《おも》へらく　淨められしか我が魂は

海からの強強《こはじ》ひとして潮水《しほみず》を流民《ノマド》は飲んだ　否《いや》といふ程

木綿鹿毛《ゆふかげ》の騂馬《カンバ》を寄せてまぼろしの戰士が敲く青銅の門

兄弟はいくらもゐたがこのまへの長い戰爭《いくさ》で皆夭逝《みまか》つた

勾引《かどは》かされてまだ三日　一村《ソン》の淸らの處女《をとめ》みな汚《けが》されき

人質が戀に目覺めて恐怖主義者《テロリスト》を一途《ヅ》に慕ふ　熱風の中

揉革《もみかは》の手帖の明日《あす》に褐色《かちいろ》のインクで星じるしを三《みつ》つ打ち

薫り立つ雨に打たれぬ　緘默《カンモク》の蔭をひろげる橄欖《カンラン》の樹下《ジユカ》

港には一群《グン》をなす　家畜とも神の恥とも呼び得るものが
人生は交換不能　眼の前の砂にまみれた棄兒《キジ》とは況《ま》して
眺め遣る難民キャンプ　冷徹な神は忿怒《フンヌ》の姿勢のままで
シロッコが鹹《しほから》く吹く　人類といふ種《シユ》の體臭《タイシウ》に噎せかへる
恐怖主義者《テロリスト》誇りかにまた自爆せり　夕陽《セキヤウ》に煌めく耀市《せりいち》に
天國に處女《をとめ》が數多待つという教義　でも死ぬつて大變だ
檸檬水《リモナータ》啜りあひつつシケリアの海邊《うなべ》に夏とする背《せい》くらべ

自らを輕蔑《さげし》む　難民の群れを覆ふ異臭《イシウ》にたぢろいだので
戰死者の墓前の缺けた酒坏《さかづき》に血の色のオレンヂを搾りぬ
ポケットを弄《まさぐ》りさがす　昨日《きのふ》まで胸を飾つてゐた勳章を
英雄と呼ばれる恥を思ひ知れ　船載の煙草も吸ふなかれ
苔生《む》せる墓碑に凭《もた》れて推しはかる　片頰《かたほ》の創瘢《きずあと》の來歴を
軍隊は砂漠を辿る　ルカヌスの第九巻をまた讀みかへす
人類の愚行を惟《おも》ひ立ちどまる　海を物見の塔を見放《みさ》けて

戰鬪は島嶼《タウショ》に及ぶ　落人《おちうど》を載せた小艇《こぶね》がまたくつがへる

洗《あら》ひざらひを語れ　鏖殺《アウサツ》された島の男たちのものがたり

絲杉の竝《な》み立《た》つ牆《かき》は死者を圍ふ　生者を圍ふのは荒き海

圓柱《まるばしら》轉《まろ》べる丘を過《よぎ》りなば吹け　シレノスの不思議の笛を

壯麗な廢墟を踰《こ》えて海に至りぬ　目蓋《まなぶた》を陽《ひ》に灼きながら

心まで騷立《さわだ》つ　三脚巴《トリスケル》の島の滿ちて來る汀《みぎは》にたたずめば

船長《ふなをさ》に耳打ちせらる　ひさびさに奴隷の市《いち》が立つとの噂

若者を稱へよ　次の戰爭に死ぬべく向かふ者なのだから
砲聲は近い　日《け》長く詐僞《いつはり》の平和に褻《な》れた身は搔きむしれ
雄大な企圖は凡《およ》そは血腥《ちなまぐさ》く卒《をは》ると言はう　海を征く者に
終《つひ》に對面《まみ》えざりし敵を霽れてなほ波立《なみだ》つ海に對つて悼む
この海に沈みし船はその數を知らず　紫紺《シコン》に逆巻く海に
沈むとも捨て置け艀《はしけ》船　滿載の積荷はただの人間だから
海からの風吹き募る世界にて倦む時なしに戀ひ渡るとは

天幕《テンマク》に午餐の仕度　マルサラの飛び切り重い酒も揃へた
隻腕《セキワン》の奴婢《ヌヒ》がみちびく盲目《マウモク》の客　オリーヴの葉陰の榻《タフ》に
信仰の故《ゆゑ》ではなくて喰ふ海の魚　その焼け焦げた胸びれ
舞人《ダンサー》は少年ひとり　黒檀のはだへを汗に濡らして跳ねる
この酒ぢや酔へぬ　夕陽《ゆふひ》の砂濱を戰域《センキキ》と勘違ひしてから
亞麻色の卓布はためく　宴席は心づくしにして無人なり
美《うつく》しき島と呼ぶべし　縱《たと》ひ地に血が強《したた》かに零れてゐても

岸に着く譎詐《キッサ》の汽艇《キティ》　騎士ならぬ若き裸の棄民を乗せて

天國は得《う》る甲斐ありや漲らふ海がこんなに眞つ青なのに

呆然として見送りぬ　戰場《センヂャウ》と呼ぶべき海を馳せゆく舟を

對岸はカルタゴ　海からの光まぶしき岸に鎧はずに立つ

ポポカテペトルの麓で

何《なに》も彼《か》も打ち棄てて來た　莫逆《バクゲキ》の友も爪先立《つまさきだ》てる母國も
望みゐし僅《はつ》かな榮譽　それさへも見限つて立つ火山の麓
迸る血を捧げよう　太古から火を噴き續けゐるこの山に
それよりも詩を捧げよう　蟠《わだかま》る胸の想ひを綴りあはせて

尻弱《しりよわ》な俺に授けてくれたのは何か？　高慢《カウマン》ちきな世界が
見霽かすみどりの傾斜《なだれ》　かつて太陽の王國だつたこの國
辻賣《つじうり》の市場《いちば》は今朝《けさ》もはなやいでゐる　一見《イチゲン》の遊山《ユサン》の客で
町町の禮拜堂《チヤペル》の鐘が鳴りに鳴る　今朝方《けさがた》若者が身罷《みまか》つた
路傍《みちばた》に物賣る者の笑《ゑ》み割《わ》れた指　土器《かはらけ》を買はむとするに
古渡《こわたり》の緞子《ドンス》の裂地《きれぢ》？　否《いや》これは廢位の王の御稜威《みいつ》の名殘
避寒地の遲き朝市！　文身《いれずみ》の不精者《づくなし》が氣《ケ》だるく時を賣る

贓物《ザウブツ》と知りつつも買ふ頸飾り　清《す》んだ睛《ひとみ》の村むすめから
絲を繰る無數の指のおもかげが立つ　一枚の絹の肩掛《ショール》に
賣手もろとも購《あがな》はむ　先住民《ネイテイヴ》が羽織りゐる麤末《ソマツ》な織物を
老翁《ラウヲウ》は名うての匠《たくみ》　外來《グワイライ》の旅客《リヨカク》からたましひを掏り取る
晴れの日の中央廣場　群聚の中に紛れてゆく恐怖主義者《テロリスト》
金字塔《ピラミッド》を崩した石で建てられた聖堂　それも半《なか》ら崩れて
命知らずはいくたりか？　屯《たむ》する廢址《ハイシ》の若者たちの中に

裏庭にあるのはあれは棄子《すてご》石《いし》　僕たちだつて時代の棄兒《すてご》
王族《ワウゾク》の末裔《すゑ》の農奴か？　覇王樹《ハワウジュ》の畑に下肥《しもごえ》を撒いたのは
智慧よりも力にまさる民族といふ過誤　青空の眞下にて
河床《かはどこ》に砂金は潛《ひそ》む　落魄《おちぶ》れた王子は都邑《まち》の喧騷《ぞめ》きの中に
泣きながら讀まう　亡んだ王國の繼嗣《ケイシ》への苛酷な赦《ゆる》し文《ぶみ》
若者のたばしる血汐《ちしほ》　暗にして愚なる神への禮奠《レイテン》として
殄戮《テンリク》の記憶も褪せた　暮れてゆく小川の岸に石を拾ふに

斷つに斷たれぬ紲《きづな》　人間共《ニンゲンども》を穢れに滿てる地に繫ぎ止め
葬列は幾許《ここだ》の花をもて飾れ　だつて墓場はあんなに遠い
老いた死者には苦艾《にがよもぎ》　年若い死者には時知らずの金盞花《キンセンクワ》
隊商が運び來《きた》れる飴菓子《あめグワシ》の歛《ゑぐ》き甘さを愛《め》づ　泣きながら
爲《キ》政者《セイシヤ》に尋ねる違ひ　戰つて死ぬのと生贄《いけにへ》になるのとの
國を賣る者を肯《うべな》ふ　地嵐《ぢあらし》が來ると疾うから解つてゐたさ
碎金《サイキン》も王の祕寶もすべからく寇掠《コウリヤク》された　鐵衣《テツイ》の騎士に

中隊を委《まか》された　國境《コクキヤウ》の都市《まち》に寄せ來る難民を制《セイ》せよと
紅玉《コウギヨク》のごとき血餅《ケツペイ》　先住民《インディオ》の兵士の痩せばめる二の腕に
愛は知らざりき　海から寄せて來た征服者《コンキスタドール》も半裸の王も
戰死者の詩を口遊《くちずさ》ぶ　註文の多い世界を睨《ね》めつけながら
澱《よど》みゐる夕暮《セキボ》の大氣　日に干して甘く涸《から》びた果實を齧る
遠《とほ》つ祖《おや》は高貴の生れ　先住の王子を買つて奴僕《ヌボク》に仕立て
下下《しもじも》の生活《くらし》を俯瞰しつつ飲む疚《やま》しさ　銘酒屋の露臺《テラス》から

暮《く》れ泥《なづ》む高原の夏　哀しびを歡びにする手段《てだて》は無いか？
火の山に火を噴く兆候《きざし》　胸厚き青年は殉死もためらはず
犬《いぬ》および咒術《まじわざ》をなすものに滿ち溢れゐる　夕闇《ゆふやみ》の市場《いちば》は
荒屋《あばらや》の小さな窗《まど》に燈《ひ》が點り出す　天《そら》からは星が降り來る
黑白《コクビヤク》を言ふことなかれ！　軒下に睡りゐる流浪の混血兒《メスティーソ》
襟に插す蜂鳥の瑠璃色の羽根　今宵ばかりは驕兒《ケウジ》も王子
流星《リウセイ》は木末《こぬれ》を掠《かす》む　愛し合ふ赭《あか》き肌膚《はだへ》のをとことをんな

戀びとは蹴球《サッカー》選手　死を賭して退化せる人類を蹴るべし

走りゆく夜行列車のひと條《すぢ》のひかり　兵士と難民を乗せ

皆ひとは貧しくあれといふ啓示　聳える崖の上の天《そら》から

疇昔《チウセキ》の友を忘れる　戟塵《ゲキヂン》は絶えで世界はもう暮れ果てた

IV

Catalepton

死にいそぐ

百年も千年も經て人遠《ひとどほ》き市庭《いちば》址《あと》。天《そら》ばかりが碧い
識る人は絶無。口碑《コウヒ》も傳へざる（昔日《むかし》）赤埴色《あかはにいろ》の鏖殺《アウサツ》
慘劇は（しばしば）詩材。斃れゆく王統の苦悶も諸《もろ》ともに
このところ、ずうつと續く。賑やかな平和とものしづかな戰爭
兵站《ヘイタン》の酒保の閑《しづ》かさ。戰友《センイウ》は今日も死地からまだ戻らない

舊友《キウイウ》の存否《ソンピ》を問ひぬ。――爽やかに馨る槲《かしは》の天蓋の下

膳羞《ゼンシウ》は一汁四菜《イチジフシサイ》。この路を征きて還らぬ兵《つはもの》のため

戰傷《センシヤウ》の患者、蹲《つくば》ひゐる月下。麾下《キカ》の訃告《フコク》は今朝《けさ》届けられ

一致して異端児に科す火の責め苦。――審問官、全員遺臣《キシン》にて

百年の生は國禁《コクキン》。――愚兄・愚弟・愚息（あわただしく）死にいそぐ

爽やかに泣く

止處《とめど》なき涙。同齒《ドウシ》の友人の死の稟告《ヒンコク》に爽やかに泣く

嚥《の》み下《くだ》す種種《シュジュ》の丸藥《グワンヤク》。長く病むことも自身の榮譽かと問ふ

正體《シャウタイ》もなく生《セイ》に醉ふ。殘喘《ザンゼン》を諷《フウ》する歌を口遊《くちずさ》びつつ

子も持たで老いを送るを深く慙《は》づ。若き櫻の枝はな伐《き》りそ

蒼穹《サウキユウ》も瞬時に翳る。己《おの》が身の殘り少なき時を意《おも》へば

蜀魂《ほととぎす》血にぞ啼くなる。このところたびたび夢に立つ若き母
老殘《ラウザン》の身を美しく装《よそほ》ひて奪はまし。躬《みづか》らのこゝろを
人知れず謐《しづ》かに死なむ。街巷《ガイカウ》を離れた旅宿《やど》の夜半《よは》の露臺《テラス》で
鬱塞《ウツソク》の病《やまひ》に沈む。消えてゆく世界の無秩序な闇の中
曉に目覺めて惟《おも》ふ。もう一日《ひとひ》生きねばならぬといふ不運を

星屑の夜会《ソワレ》　a satire

噴泉《ふきあげ》の真上の星は新星《シンセイ》か？　見上げれば棚引く天の河《ギャラクシー》

生きていることを、楽しむ。帝政様式《アンピール》に設《しつら》えた夜会《ソワレ》で

今夕《コンセキ》の主役登場。薔薇色の（胸乳《バスト》が強調された）盛装《ドレス》で

釣燭架《シャンデリア》は水晶の雨――。粋筋女《ココット》の頬に睫《アイラッシュ》毛の影が差す

処世《よわたり》の（已《や》むない）闘争を思い遣る。三鞭酒《シャンパン》を傾けながら

肉体は虚栄心《ヴァニティ》の容器《うつわ》！　喫煙室《スモーキング・ルーム》の隅でそう言ってみる
昨日《きのう》まで預言者の血で濡れていた純銀の大皿《バサン・ダルジャン》には、生の牡蠣
星がまたひとつ零《こぼ》れる。宿謀《シュクボウ》を遂げ得た暗殺者《アササン》は名告《なの》り出よ
照明が暗過ぎないか？　私語《ささめき》の、これが平和《パクス》というものならば
耐《た》え難《がた》い（酸い）苦悩《アゴニー》と呼ぶべきか？　僕たちの人生の全てを

山の段

私通《あやまち》は若さゆゑ。今朝《けさ》、河端《かはばた》の花は激しく咲き誇りゐて
青年に幾ばくの有漏《ウロ》。心しづかに看經《カンキン》に勵んでゐたが
若武者を惱ますふたつ。壓政の恐怖と初戀の愁悶《シウモン》と
是非も無く一人息子を先立てる覺悟。その老父《ラウフ》の眼差《まなこざし》
雛鳥《ひなどり》が首討《くびう》たか？　と、響動《とよ》み來る聲が無明《ムミヤウ》の闇を貫く

久我殿《こがどの》は腹切《はらきつ》てか？　と、魂を絞るがに彼岸《ヒガン》の影に問ふ

大抵は乙女、平時の生贄《いけにへ》は。戰時にはその戀人も死ぬ

谿水《たにみづ》に櫻。否《いな》とよ、花嫁の首級《しるし》ばかりの行列が征《ゆ》く

禁制の早瀬の浪も堰《せ》くなかれ。緋の振袖の少女の戀を

一人娘《むすめ》の雛まつり。髪を梳きやる母は氣丈《キヂヤウ》に見ゆれども

歌を撰る

妄執《マウシフ》を絶つべき時か。茜さす晝日中《ひるひなか》から呷《あふ》る濁醪《ダクラウ》
忘却《レーテー》の遙かな流れ。そこまでの嶮しき道程《みちのり》を思ひ遣る
追悔《ツイクワイ》の野邊《のべ》に屈《クン》ずるみづからを導く。色の足らない虹霓《にじ》が
蒼穹《あをぞら》の際涯《はて》に果てなむ。十分《ジフブン》に生きて來たとは絶えて言はぬが
蟬吟《センギン》の遠きに憶《おも》ふ。若き血に驅られて奔り去りし誰彼《たれかれ》

末弟《バッテイ》を見失ふ。薄墨色《うすずみいろ》の（杜松《ねず》の）牆根《かきね》に沿へる小徑《こみち》に
胸に燃えつづけゐる滅紫《けしむらさき》の（ほのかなる）焔《ほのほ》も消えゆかむ
暗《く》れ惑《まど》ふこゝろの辻に（こんな時）異腹《イフク》の兄があればと想ふ
默考《モクカウ》の書窗《シヨサウ》は閉ぢよ。何時《いつ》までも褪せぬ（濃薔薇色《ローズレッド》の）夕燒け
若書きの歌を撰《え》る——。我が文庫《ふみくら》の（冥き）奥處《おくか》に納めんがため

V

死ににゆく旅

I

未來ある身ではもうない。戯れに爪彈く友の遺愛のギター
愛さずに生きて來た。上邊《うはべ》を飾るばかりの自分以外は誰も
愛されることもなかつた。大勢《おほぜい》の中の一人はあくまで獨り
友をさへいたく惡《にく》んだ。祝福の酒盞《シユサン》を怖づ怖づと掲げつつ
妬心《トシン》なほ鎮まらず。今朝《けさ》虎嘯《コセウ》せる人が戀人だつたとしても
是《これ》の世《よ》の轗軻《カンカ》を天の惡計《アクケイ》と斷じ（月無き夜《よ》を）飲み明かす
前言《ゼンゲン》を翻すにはもう遅い――。二《ニ》十世紀《ジツセイキ》も疾《と》つくに暮れた

心には纔《わず》かに愛があつたはず。愛に裏切られたその日まで
神殿を毀《こぼ》つ奴儕《やつばら》――。その中に混じつて立ち騒ぐ夢を見た
人生は修復不能。往《い》にし方《へ》の彼《あ》のイリオンの都城《まち》の如くに
美しく生まれなかつたことさへも因果《イングワ》と思ふ。夜の湯殿《ゆどの》に
朝《あした》には身を訪ね來る――。跫音《あしおと》を立てずに歩む二人使《ふたりづかひ》者が
それつてさ、無に等しいね。新《あら》しく人間《ひと》に轉生《テンシヤウ》する確率は
畢命《ヒツミヤウ》のその日、心の中だけに生きる兒孫《ジソン》もともども果てむ

2

耶悉茗《ジャスミン》の馨る露臺《バルコン》――。愛人はジゴロ擬《もど》きのいかれた美男
金髪《ブロンド》の巻毛に生まれたかつたとごねてみる。薄情な自然に
若者の一皮眼《ひとかはめ》。アイライナーを點《さ》した少女の目見《まみ》より眩《まぶ》い
魂に（男の）脆さ――。着爲《きな》せるは流行《はやり》の比翼《ヒヨク》仕立《じたて》の外套《コート》
風に舞ふ羽根のやうだと言はば言え。男心はその實《ジツ》、重い
星月夜《ほしづくよ》。かつて馬上《バシヤウ》の覆面の怪傑たらむと庶幾《シヨキ》せしものを
實戦で役立つたかは問ふなかれ。男の持てる錆びた銃器が

虞美人草《ひなげし》が笑《ゑ》む。詐僞《いつはり》の煉獄の正午《まひる》（眞皓《ましろ》き）墓石《ボセキ》の狹間《はざま》
神に惚れ込まれなかつた僥倖《しあはせ》を言はう。場末《ばすゑ》の酒場の隅で
君が持ち僕も持つもの。白百合は天使の惡戲《いたづら》で咲くと言ふ
今日からは寢床もひとつ。兄弟の固めの酒盃《さかづき》も打《う》ち破《わ》つた
若武者の出自は敍事詩。黄金《ワウゴン》の指環ひとつを大河に棄てて
女にも男にも喜悦《よろこび》である男――。其奴《そいつ》に（不肖《フセウ》も）惚れた
わたくしの愛は君ひとりのものだ。君が全人類の間夫《まブ》でも

3

完全な本が此《こ》の世《よ》に無いことを、想ひぬ。圖書館の片隅で
理に悖る愛と言はうか。外國《とつくに》の讀めない本をただ眺めゐる
仰ぎ見る詩人はすべて古人《コジン》にて、鮮《あざ》らけし。晩近《バンキン》の夕焼け
自著といふ怪しき玩具《おもちや》。幾册も其《それ》を持つのは愧づべき事か
ひと鉢の花に添へある紙票《シヘウ》には血の文字《モンジ》。詩人の名宛《なあて》にて
斯《こ》の胸の想ひを語り盡しゐるかと問ひぬ。我が青簡《セイカン》の書に
有卦《ウケ》に入る詩人の多辯。本物の詩人は寡默だと言はないか

鼠尾《ソビ》でなく涙と愛に書かしめよ！　非情《ヒジヤウ》の神に獻ずる詩《うた》は
哀れなほたつたひとりの熱烈な讀者も持たず。生の薄暮《ハクボ》に
諸共《もろとも》に我が名も朽ちむ。賣れ殘りゐて山を成す凡常《ボンジヤウ》の書と
詩神《ムーサイ》の愛顧を冀幸《ねが》ふ。バビロンの榮華にも心は惹かれるが
黴臭い本は書棚に返しなさい。愛の言葉は眼で聆《き》きなさい
讀み切れぬほどの書物を詰め込んで戸惑ふ。旅行鞄《スーツケース》が重い
詩人《うたびと》が持つべき舌は蛇の舌。カフカスの虜囚《リヨシウ》にさう聞いた

4

書きなさい、さう命ぜらる。最終の詩稿を罪の色の洋墨《インキ》で
力無く沉《ま》して術《すべ》無く詠《うた》はうか！　胎籠《はらごも》りゐた僕のことから
船出して還らぬ小艇《こぶね》。そのあとを逐ひし鷗をわが歌材《カザイ》とす
浮かび來る詩想の小島。大海《タイカイ》に乗り出して爲《な》す最後の仕事
鬪ひに臨む戰士の心もて謠《うた》ふ――。靜けき（海の）哀歌を
血統を問ふ――。暴虐な皇帝が兄か？　解放奴隷が父か？
衣嚢《ポケット》の中に握る手。夕まぐれ、記憶が己《おれ》を追ひ越してゆく

桂冠《ケイクワン》を戴《いただ》かしめよ。——戰域《センヰキ》に生まれ戰圖《セント》に死んだ詩人に
鞘走り閃く太刀《たち》の影に讀む——。今以て詠まれざる誄歌を
腦裡《ナウリ》には散る花。拂曉《フツゲウ》を待たで母國を委《す》つる覺悟はあるか
デルポイの豫言の神の緘默《カンモク》を嗤ふ。——午後一時の炎天下
英雄の死からその詩は詠《うた》ふべし！　父祖の記憶を遡りつつ
一本の燐寸《マッチ》を擦りぬ。その心、劫火《コフクワ》この身を覆ふ日を待つ
捷《か》ちて還れとは誰《た》が言葉。見霽かす野は銀鼠《ギンねず》の雪に杜《とざ》され

5

雑閙《ザツタウ》を離れ世間《セケン》に見棄てられそれでも生きてゆくといふ事
九霄《キウセウ》を見上げて歎く。詩神《ムーサイ》に愛でられるほど詩才があれば
今日もまた青過ぎる天穹《そら》。草原《くさはら》に伏して不遇の身を忍ぶ秋《とき》
腕の立つ新兵だと謂《い》はれた記憶。言の葉で鬩《せめ》ぎ合ふ戦地に
皆人《みなひと》が老いゆく夕べ——。我《われ》は顔《がほ》に乃公《おれ》を貶《さげし》む奴《やつ》は何奴《どいつ》だ
躬自《みみづか》ら呪詛《のろ》ふ運命。振り向けば暮れなづむ巷衢《ちまた》に人氣《ひとゲ》無し
才藻《サイサウ》は十人竝《ジフニンなみ》で取巻きも寡《すく》ない詩家《シカ》が、口遊《くちずさ》ぶ。——詩を

充つる無き詩歌《シカ》の水甕《みづがめ》。而も傳承《いひつたへ》に曰く、酌めど盡きずと
詩を愛し詩に愛される。さういつた若者だつた、曾《かつ》て私《わたし》も
主峰から明けて來る夜《よる》。太陽神《ポイボス》の視線が詩人等《シジンら》を輕侮する
晨朝《ジンデウ》に生《セイ》を懷《おも》へば湧き出づる數首の詩歌《うた》も弃《す》てむ。矢庭《やには》に
眞直《まつす》ぐに告天子《ひばり》が揚がる。圖書室で垂翅《スイシ》の若者が詩に咽《むせ》ぶ
天國の門で吟《うた》はむ——。前線で（瀕死の）兵が嘯《うた》つた歌を
王冠《ワウクワン》に勝る桂冠《ケイクワン》。たとひそれが苛酷な刑具だつたとしても

6

夕映えを母の胎《はら》から眺めゐし記憶のさだかならざるを泣く
鷹か将敵機《はた》の影か。わが訪《と》へる（未生以前《ミシヤウイゼン》の）産土《うぶすな》に射す
巡禮の（思郷《シキヤウ》の）こゝろ――。一盞を傾けるがに盡す一生
沈みゆく太陽を視よ！　殃禍《わざはひ》は地に滿ち天に臭ひ立つとも
生は冥く死もまた冥し。生まれ來た日も疇昔《チウセキ》からの小糠雨《こぬかあめ》
九天《キウテン》の睡眠《ねむり》を覺ます（一瞬の火花！　としての）東天《トウテン》の星
幻の舫《ふね》、漕ぎ渡る。――宇宙には無數の太陽があると云ふ

船底《ふなぞこ》の無辜の旅客《リヨカク》は頓《ひたぶる》に眠る——。朽ちゆく死者より深く
terra, vale! と喊《さけ》んで海へ。庶幾《ねが》はくは羊水《ヤウスイ》の逆巻く大洋《おほうみ》へ
押し寄する數多の舸《ふね》に（夕陽《セキヤウ》の）港、戰時のごとく賑はふ
覺易《さめやす》き霜夜《しもよ》の夢に支配されゐむ。來《きた》るべき世《よ》のわが父母《ブモ》も
漆黑の天空《そら》ゆく船《ふね》を仰ぎ見た記憶——。母胎の眞の闇夜《やみよ》に
彌終《いやはて》の日に恩寵を惟《おも》みる。生まれて直ぐに哭《な》いてたくせに
酷薄の神には呪《いの》る。大洋《うみ》をゆく船《ふね》も天空《そら》ゆく船《ふね》も沈めよと

7

時《とき》の間《ま》に盡くべき命。　詩にも愛にも背かるる餘生もありか

火に燒《く》べる歌稿。　漫《すず》ろに妄誕《でたらめ》な愛を詠ってみただけのこと

愛人はひとり。　ひとりの携帯電話《ケータイ》に登録された無數の他人

我《わ》がものは竝《な》べて汝《な》がもの。　身上《シンシャウ》も藏書《ザウショ》も最《もと》も蔑《なみ》する者も

愛人に引き繼ぐ。　何を？　私《わたくし》が妬《ねた》み執《シツ》したもののすべてを

責《せ》め詰《なじ》ることなかれ。　我が愛情を飽くまで浪費する愛人を

夕燒けはあざといまでに紅《あか》くして、　莫迦《バカ》な男を愛する情夫《をとこ》

なけなしの金《かね》も詩才も取らば取るべし。不實への贐《はなむけ》として
責任は取らう！　詩よりも星よりも深く男を愛したことの
その罪は赦される――。我が悲哀《かなしび》に滿ちた心を盗んだ罪は
現《うつ》し世《よ》の薄暮《ハクボ》に問ひぬ。心臓が痛むのかこゝろが疼くのか
自らを徐徐に殺して來た旅を人生と呼ぶ。やや慙《は》ぢながら
一生を終ふる寂しさ。神《シン》以《もつ》てたつたひとつの惡も爲《な》さずに
愛も詩も過去の過失《あやまち》――。死ににゆく旅が終着驛に近づく

Ⅵ

進行中の作品からの二章

（美を見失ふ）

I

詩神《ムーサイ》に見棄てられしか？　美について歌はむとして美を見失ふ

冬《ふゆ》薔薇《サウビ》朽ちしも默示《モクシ》。泯《ほろ》びゆく（種《シュ》としての）人類《ジンルイ》を書けとの

草原《サウゲン》は風に靡きぬ――。密契《ミツケイ》を（詩と！）結んだと言ひし若者

暮れてゆく世界の隅に在り侘びて（みづからの）霜鬢《サウビン》を嗤ひぬ

後胤《コウイン》を得ずに果てなむ。鳶色の（昏き）眼を持つ養嗣《ヤウシ》子《シ》さへも

彌增さる心の饑餓を如何《いか》にせむ？　机上《キジヤウ》、書籍《シヨジヤク》は亂れて暮れぬ

燈火《ともしび》を疾く搔き立てよ。外面《そとも》から（あな心無《こゝろな》の）風が吹き來る
獨《ひと》り（閑《しづ》かに）讀むダンテ。敵ばかり創《つく》りし壯《わか》き日が懐かしい
終《つひ》に果たされざる夢か——。己《おの》が詩をもつて世界を領《ラウ》ずる夢は
言の葉の芽吹く日を待つ。隱《こも》りゐる身を槁木《カウボク》と呼ばれてもなほ
冬枯れの木末《こぬれ》に來鳴く鶯は、春の使者。——詩の使者は何處《いづこ》に
失ひし時をな謂《い》ひそ——。然《さ》らでだに生《セイ》を皆《みな》にしたと譏《そし》られる

2

一發の銃聲、響く。——拂曉《フツゲウ》の避暑地に青春が（また）散つた

雛罌粟は赤いし——。塹壕《ザンガウ》の闇に死んでゆく兵士はひとりだし

太陽を刑罰《バツ》として負ふ若者の（洗ひざらしの）襯衣《シャツ》、汗まみれ

髑髏《のざらし》の眼窩《ガンクワ》に菫《すみれ》——。住み憂くもあるかな、何時《いつ》だつて人寰《ジンクワン》は

老いてなほ生きゐる理由《わけ》は。さう問はれては黯然《アンゼン》とまた口籠る

投資額相當の美は贏《か》ち得たか、とも問はれ——。人生の納期《ナフキ》に

皺の數よりも多くの恥の數——。辛《から》くも、斯《か》くて、生き存へて
少しづつ忘れゆく。美を！　自らの生《セイ》と結ばれゐたはずの美を
歳月《サイゲツ》を前額《ひたひ》にきざむ寂しさを、道《い》ふ勿《なか》れ！　——天球《テンキウ》の夕暮《セキボ》に
懼《おそ》らくは遣《や》り果《おほ》せたり。子を持たで死ぬこと、人類《ジンルイ》を辭《いな》むこと
簒《うば》はれし物の多さにたぢろぎぬ。舊き手帖を（書窗《ショサウ》に）讀むに
身に沁みて感ず。徐《しづ》かに冷えてゆく大氣《タイキ》と冷えてゆく己《おの》が血を

3

硫黄《イワウ》でも火でもない。冷たい水に打たれ、雨浴器《シャワー》の下の罪びと
浴室の鏡の中の（ずぶ濡れの）醜い顔を見よ――。と言ふのか
白白明《しらじらあ》けに試しみる――。肝斑《カンパン》を（脂粉《シフン》に）隠すといふ詐術を
畝《うね》を立て終へて彳亍《たちもとほ》るばかり。私が農夫だつた――、としたら
郷國《キヤウコク》の野良も荒れたり。かつて兄《せ》の君《きみ》と頼みし美丈夫《ビヂヤウフ》も、老い
追懐《ツイクワイ》と呼ぶもあやなし――。白晝《ハクチウ》に（老眼鏡《ラウガンキヤウ》を掛けて）見る夢

心まで映されてゐる、やうで——。亡き母の鏡を紗《シャ》にて被《おほ》ひぬ
明旦《あした》わが墓碑には刻め！　この男、ひとりの人も愛せざりきと
海は（四月なのに）荒れた。みんなから風信子《ヒヤシンス》小僧と囃された
憧れたこともある。潮風が刺す水夫《かこ》の（片頬《かたほ》の）創《き》傷《ず》の、錆色《さびいろ》
夕つ方（無爲《ムヰ》に）死ぬ時（私事《わたくし》の）情報《データ》をすべて消す術《すべ》ありや
みづからを愛するあまり黄昏《クワウコン》の嘆きの河《コキュトス》の邊《へ》にただひとり立つ

4

美を浪費《ラウヒ》する若者に（心から）告ぐ。——生《セイ》は疾風《シップウ》の如し、と
詩神《ムーサイ》の賜物《たまもの》は減るのが迅《はや》い——。耀《かがよ》ひわたる（君の！）若さも
水浴《スイヨク》の（裸の）少女。幻影《ゲンエイ》は（直ぐ攫《つか》まねば）たちまち消える
詩想《ポエジー》の占有権《センイウケン》を、主張せよ！——うらわかき詩人よ、早急《サツキフ》に
昔時《むかし》から美は吝《け》嗇《ち》ん坊《バウ》。石走《いはばし》る（才智《サイチ》の）瀧《たぎ》もいつかは涸れる
茜雲、艶《エン》にたなびく。——傳來の父祖の遺産を（ほぼ）蕩盡《タウジン》し

大名物《おほメイブツ》を取り落す。現世《ゲンセ》から（急轉直下《キフテンチョクカ》）去《い》ね！　と道《い》はれて
下手な詩を詠みつつ老いて（終《つひ》に）この星の豪奢《ガウシャ》な夕照《セキセウ》に立つ
詩人《うたびと》は蝶になるとふ――。一篇の（青玉色《サファイアいろ》の）詩を書き了《を》へて
鱗粉《リンプン》を纔《わづ》かに散らす。暮れてゆく地球の（冷え切つた）片端《かたはな》に
展翅板《テンシバン》には空きがある。――轉生《テンシャウ》の網に捕へよ！　遊吟《イウギン》の徒《ト》を
屍櫃《からひつ》に納めむ――。美しいままで死んだ詩客《シカク》の（薄き）詩稿《シカウ》は

5

夢に散る、花——。生贄《いけにへ》の少年を（誰《たれ》もが！）美しいと認めた

時間《とき》が彫《ゑ》り時間《とき》が毀《こぼ》ちし若者の（石の）像には、右腕が、無い

圓柱《エンチユウ》に彈痕《ダンコン》、數多——。この都市を臺無しにしたのは誰《だれ》だらう

爆撃機、夏を翳らす。少年は陽焼けした（居《ゐ》もせぬ）兄を戀ふ

夕空《ゆふぞら》は、血の色——。今日《けふ》も沈默の暴徒が（甃砌《いしだたみ》を）驅けゆく

美しいものは（いつかは）奪はれる。傲慢《ガウマン》に振舞ふ時間《とき》に因《よ》り

街といふ街に（謐《しづ》かに）雪が降り始めた――。擾亂《ゼウラン》も鎭まつた
過客《クワカク》には何方《どちら》が相應《ふさ》ふ？　密林で死ぬのと、雪原で果てるのと
美《ビ》も醜《シウ》も掩《おほ》ひて（飽くまでも）白き雪。欲《ねが》はくはこの身も庇《おほ》へ
淨玻璨《ジヤウハリ》の壘には涙。――前線に取り殘された（ひとりの）兵の
咲き笑まふ花の（罪科《ザイクワ》の）精髓《セイズイ》に馨れる香水《パルファン》を――、身に纏《まと》ふ
魂は（永久《とは》に）香《か》美《ぐは》し。肉體は（業火《ゴフクワ》の）雨に打たれてゐても

6

降り募る雪——。禁斷の木《こ》の實《み》とか、近親の戀とかに、焦《こが》れぬ

十年も經てば忘れる——。雪の夜《よ》に（深く）契つた約束だつて

自裁《ジサイ》とは——、眩しき言辭《ことば》！　毒として呷《あふ》る蒸餾酒《ジヨウリウシユ》の、琥珀色

横丁《よこチヤウ》に折れれば、地獄。行《ゆ》きちがふ若者に（焦げくさき）體臭《タイシウ》

臭《にほ》ふほど腐つてゐても美は美だと言ふのか。雪の風巻《しま》く夜闌《ヤラン》に

幸福《しあはせ》におなり！　だ、なんて。旅客《たびびと》に掛ける街娼《をんな》の呪詛《のろひ》の科白《せりふ》

地吹雪《ヂふぶき》は（今し）靜まる。荒くれの荒き吐息は耳朶《ジダ》に觸れゐて

外《と》つ國《くに》の民の悲慘を慷《なげ》くのも、快樂《クワイラク》か？――幽《かそ》けし。雪明り

慕ふべき雙子《ふたご》の兄は（大抵は！）行方不明になる。――胎内で

雪の野の雪の壘砦《ルイサイ》――。新兵《シンペイ》の（無邪氣な）夢も、終りが近い

若者が獲物！――世紀の境界《さかひ》から驅けて來る（獵人《かりうど》の）一團

雪白《ゆきじろ》の鷹《たか》、放つべし――。鷹匠は（汚《けが》れなき）一滴の血に醉《ゑ》ひ

7

繃帯《ハウタイ》に血が滲み來る。——鬪爭《たたかひ》の日が（早熟の）騷士《サウシ》に明ける
韻を踏む言詞《ことば》で煽《あふ》る者を視《み》る（ひとりびとりの）眼に兆《きざ》す、影
内亂を詠ふ詩人に灌《そそ》がれる（果て無き）殺意——。その鋼鐵《はがね》色
王者には（深紅《シンク》の）禮儀《ゐや》を。犠牲《いけにへ》の獸《けもの》には（純白の）リボンを
面差《おもざし》は少年、肉付《ニクづき》は壯夫《サウフ》——。そんな男に（今朝《けさ》）目をつけた
浮浪者《フラウシャ》も粗衣《ソイ》の流民《ノマド》も（路傍《みちばた》に）蹲《うづくま》る。死の（影の）ごとくに

それぞれに罪科《つみ》と贖罪《ゆるし》が――。巡禮の旅の衣《ころも》の敝《やぶ》れを、愛でつ
文身《ほりもの》の漢《をとこ》を、屠《ほふ》る。浪曼《ロマン》派の血統《ちすぢ》を（ことさらに）絶やすため
美《いつく》しき（丁男《をとこ》の）臀肉《ゐしき》――。宵宮《よひみや》は（僅《はつ》か亂れて）例祭《レイサイ》に入《い》る
邌物《ねりもの》を逐《お》つて蹌踉《よろぼ》ふ黄髪《クワウハツ》もかつては壯士《サウシ》。――神とさへ、寝た
神輿《みこし》揉む者にも罪が。汗と血に（しとどに）下帯《したおび》は濡れてゐて
本祭《ホンまつり》、闌《た》けて（終《つひ》には）爭鬪《たたかひ》となる。爾汝《なんぢ》、敍事詩に詠ふべし

8

筆力も酒量も落ちて幾年《いくとせ》か？　――憂愁《うれへ》に沈みつつ聴くバッハ

闘ひて得たる詞藻《シサウ》と言ひたいが――。その點は争はずに措《お》かう

掻き鳴らすべきギター無し。亡き兄は破落戸《ならずもの》だつたと嘘を吐《つ》く

雑文の依頼を拒む――。快晴のひと日を（愉しまずに）過《すぐ》して

妻《つま》も子《こ》も持たずに生きて（露《つゆ》の世《よ》に）書帙《ショチツ》の中の死と親しみぬ

一冊の岩波文庫――。その著者に（必殺の句をもて）叱られる

家家の窗牖《まど》の燈火《あかり》がひとつづつ消えて（無明《ムミヤウ》の）闇夜《アンヤ》となりぬ
人間《ひと》もまた獸《けもの》、獸《けもの》は嚙みあひて——。空には（一條《ひとすぢ》の）夜這星《よばひぼし》
惡役を演ずるはずが弑《シイ》される役を振られて、狼狽《うろた》ふ。——夢に
厭はしき夜《よる》のみじかさ。ひとり身の王の（紫紺《シコン》の）睡眠《ねむり》も淺い
晨朝《ジンデウ》の、鐘の、ひびきは——、空耳か？　枕香《まくらが》の枕を、欹《そばだ》てる
無《ム》に卒《をは》る生《セイ》を宜《よ》しとす。——冷えに冷えゆく（曉闇《あかつきやみ》の）徒臥《あだぶし》に

9

人類《ジンルイ》の歴史とは？　惜しみ無く（若者の）生命《いのち》を濫費《ランピ》して來て
流氓《リウバウ》の（無辜の）子の眼の褐色《かちんいろ》、深し！　五月《ゴグワツ》の天《そら》のごとくに
新郎とその花聟と――。胡蝶菫《パンジー》を（縮絨兎毛《ラビツトフアー》の）帽子に插して
寡婦ばかり住むといふ街。眞つ黑な痩せ犬が（一匹）紛れ込む
細君は元氣かい？　擦れ違ひざま（喪服の）舊友《キウイウ》に呼び掛ける
泊夫藍《サフラン》の花柱《クワチユウ》を拈《つま》む。意味も無く暮れた日の唯一《ユイツ》の華侈《クワシ》として

人間《ニンゲン》は何の似すがた？　退役軍人《ヴエテラン》も新兵《ルーキー》も（潤んだ）影を持つ
近親殺人犯《パリサイド》だつたとか。　上腕《にのうで》が自慢のガスステーションの見習《みならひ》
接吻《くちづけ》の苦さ！　驟雨《シウウ》の軍港《グンカウ》に濡れそぼつ。――ふたりの水兵が
空房《クウバウ》に馨る茉莉花《ジヤスミン》。――一生《イツシヤウ》は（一夜《イチヤ》の）夢だつたと獨《ひと》り言《ご》つ
地平線（仄かに）赤し。諍亂《ジヤウラン》の世に子を生《な》さで死ぬといふこと
人非人《ひとでなし》、とでも號《よ》べ！　鈴蘭の咲き亂れる溪谷《たに》に身を殺す身を

10

かつて美を求めき。今や落魄《ラクハク》の無政府主義者《アナーキスト》と成り果てし身が
月桂樹下《ゲッケイジュカ》に言ひ放つ。詩家《シカ》にして（誰《たれ》からも）愛されぬ至驩《シクワン》を
健《すく》やかな肉體《からだ》もがもな。詩《うた》を（我が）注《そそ》ぎ込むべき齋瓮《いはひべ》として
撮《つま》み食《く》ふ（己《おの》が）血と夢。病蓐《ビヤウジョク》に詩を書く少年の——、無點法《ムテンパフ》
恥に死ぬべきだ。誰《だれ》かを（心の限り）愛したことが無いならば
遊戲《たはぶれ》を盡し、この身は打ち棄てむ。現世《ゲンセ》を惡《にく》むのにも倦《あ》きたし

文學は武器たり得るか？　是《こ》の世《よ》も暮れて叛徒《ハント》の群れに加はる
美しきもの（ことごとく）破壞《ハクワイ》せよ！　人類《ジンルイ》の衰微《スイビ》が事實なら
海からの風は鹹《から》くて、斷崖《きりぎし》の城には（死んでゆく）騎士がゐて
流星雨《リウセイウ》、地に降りしきる。枯れればみし心を少しだけ入れ換へる
潭《ふち》も湍《せ》も滾《たぎ》つ！　臥榻《グワタフ》に思ひ遣る（我がための）忘却《レーテー》の流れは
この星が滅亡《ほろ》んでも美は遺《のこ》るのだらうか？　硝子窗《ガラスまど》を雨が打つ

11

詩の友に抛《なげう》たれ、幾星霜《いくセイサウ》ぞ？ ——來《こ》ん夜《よ》焚《た》かむか一束《イッソク》の書疏《ショソ》
墮天使《ルシフェル》の旗、翻る——。おとうとは背中に（虚僞《にせ》の）翼《つばさ》を刻み
見えないか？ 時といふ霞のなかにひとり詩の蕾《つぼみ》を摘むひとが
倉猝《サウソツ》に惡罵《ののし》らる。——文弱《ブンジヤク》の徒《ト》にしても愚行《グカウ》を重ね過ぎだ、と
偏執狂《モノマニア》でもあつたか？ 人間《ひとのこ》を（斯《か》くも）蕃殖《ハンショク》させた神とは
吟客《ギンカク》に天鼠《テンソ》の翼手《ヨクシュ》——。沸きかへる若者の（鮮《あたら》しき）血を戀ひ

漂泊《ヘウハク》の果てに人《ひと》みな死ねよかし！　神の（醜き）複製品《レプリカ》として
碧霄《ヘキセウ》に湧き上がる雲。崩潰《ホウクワイ》の日はゆくりかに（さやかに）兆す
青山《セイザン》に到らむ。獨り（とぼとぼと）智慧《チヱ》も餘裔《ヨエイ》も終《つひ》に持たずに
眼瞼《まなぶた》を（怖づ怖づと）閉づ――。美《うるは》しき眠りの神《ヒュプノス》は死神《タナトス》の兄弟
火の舌を吐《は》く犬じもの榮えむか？　人類《ジンルイ》が死に絶えたそののち
驅歩《ギャロップ》で逼《せま》り來る地球《チキウ》の深更《よふけ》。――美もまた老いる、美も衰へる

12

恐るべき正午《シャウゴ》！——百年止まりゐた振子時計が正午《シャウゴ》を告げる
書史《ショシ》に誤植のあるごとく（天心《テンシン》の——）太陽《タイヤウ》に黑點《コクテン》があること
戎兵《ジュウヘイ》は（半裸《ハンラ》で）奔《はし》る。——煢獨《ケイドク》の詩人は（外套《グワイタウ》の）襟を立つ
消え殘る（日中《ひなか》の）溫氣《ウンキ》——。戀人は（不倶戴天《フグタイテン》の）光を厭ひ
探韻《タンキン》の（旅の）終着點《はたて》に、曲藝團《サーカス》の（漆黑《かぐろ》き）鬚髯《ひげ》の女に抵《いた》る
いとけなき娼婦《シャウフ》が（隙《ひま》を盜み）看る、聖典《クルアーン》——。その装飾文字《サウショクモンジ》

落花《ラククワ》にも似て（王朝《ワウテウ》に）素雪《ソセツ》散る。男踏歌《をとこタフカ》は（疾く）杜絶《トゼツ》して
束桿《ファスキス》を先立てて、來る！――美を攫《さら》ひ、圖書館《ビブリオテカ》を毀《こぼ》つ黨類《やから》が
秒針と同じ速さで死に向かふ、この身。――腕時計は骸骨仕様《スケルトン》
萬物を荒廢させながら時間《とき》が踏み通る。美も（また！）荒廢す
剃刀を片手に、泣かう――。美しきものみな衰萎《スイキ》しゆく深夜《シンヤ》に
詩神《ムーサイ》を引き連れて去りゆく夜の神《ニュクス》！終《つひ》に（私《わたし》は）美を見失ふ

（父と寝た夜）

I

到來《タウライ》の黑方《くろバウ》、薫る。深深《シンシン》と冷えゆく己《おの》が父と寢た夜
御用心！　孰《いづ》れ三月十五日《ジ・アイズ・オヴ・マーチ》になる、孤魂《ココン》の納期《ナフキ》が迫る
死友《シイウ》にも見せずに死なう。頸飾《ロケツト》の中の遺髮と細密畫《ミニアチユア》とは
專愛《センアイ》の撰集《センシウ》を閉づ。父の子でないかも知れぬ子として育ち
死は不意に來《く》る。紫の野あざみが今朝《けさ》唐突《タウトツ》に咲いたさうだし
眞晝間《まひるま》の光の空虛《うつろ》。逆軍《ギヤクグン》の城砦《とりで》は（痕跡《あと》も無く！）朽ち果てた

ひとり哭《な》くのは人の子か？　ひとしきり荒れて嵐の去りし曠野《あらの》に
現世《ゲンセ》から疾く逸《に》げよ！　人間《ニンゲン》として無辜のままではゐられぬならば
一閃《イッセン》の光とともにあるだらう。この身がわが身、ではなくなる日
相鬩《あひせめ》ぐ父かと想ひ振り返り見れば——、星ばかりが降りしきる
濃鼠《こいねず》の午夜《ゴヤ》！　なけなしの誠心《まこと》さへ無期の同盟罷業《ストライキ》に突入し
わが肩を怪《あや》しく叩く——。漆黒の羅紗《ラシャ》の外套《マント》を纏へる父が

2

書見《ショケン》にも倦《うん》じた（冥《くら》き）心からひとり（謐《しづ》かに）聆《き》く。遠雷を
星影に窺ひたりき。乳《ちち》の實《み》の父の（いまはのきはの）寝息を
預言者の熒惑《ケイコク》赫《かかや》くがごとき眼《め》と（あはれ！）詩人の蒼《あを》き舌
流星《リウセイ》の隕《お》ちたところやこれやこの孤《コ》島《タウ》の廢帝《ハイタイ》の墓どころ
老殘《ラウザン》の（聞えぬ）耳を（天體が奏でる）樂音《ガクオン》に欹《そばだ》てる
細《ささ》やかな災異《サイイ》の豫感。仰《あふ》ぎみる天《そら》には火の色の奔星《はしりぼし》

躬自《みみづか》ら討つべし！　父よ、兩《リヤウ》の眼《め》に覇《ハ》王《ワウ》の徽《しるし》著《しる》き末子《バツシ》は
夜嵐《よあらし》は（たちまち）過ぎて滿天の星。來《こ》し方は夢さながらで
降る星に濡れゐる我等。惡疫の時代を（からうじて）生き延びて
禍言《まがこと》にあらずや？　父の耳にその子が（そそくさと！）そそぐ言葉は
この星の明日《あす》を（遠退《とほの》きゆく）星に占ふ。メシアンを聽きながら
美は喪《ほろ》び死のみ榮えむ――。冴え渡る星の林に踏みも迷ふに

3

弧《コ》を描《ゑが》く星の運動《うごき》を空《むな》しいと意《おも》ふ心の陋《いや》しさを道《い》ふ
川付《かはつ》きの細民街《スキツドロウ》の取つ付きの天幕《テント》、山鳩色に暮れゆく
晴れの日の軍装《グンサウ》でゆく戰友の葬儀《サウギ》。馬《メ》手《て》には一本《ひともと》の百合
人生の頂點《チヤウテン》で死ぬ。若者にのみ許されることだぜ、それは
切札《きりふだ》を捨てる。游俠《やくざ》も詩人《うたびと》も（花のさかりに）死ぬのが榮譽《ほまれ》
藥莢《ヤクケフ》を拾ふ。我等は束の間を生きて（あつさり）死ぬのが宿命《さだめ》

この身には來ぬか？　無名《ムメイ》のまま死んだ抵抗者《レジスタント》と呼ばれる明日《あす》は
浪死《ラウシ》せし（年弱《としよわ》の）叔父――。意地悪な時の射る矢は本黑《もとぐろ》だ、とか
戰況《センキヤウ》は芳《かんば》しからず。新前《シンまへ》の（戲《おど》けた）鼓手《コシュ》も（撃たれて）死んだ
濡れそぼち朽ちかけた墓前《ボゼン》の花環《はなわ》。すべての爲政者を屠戮《トリク》せよ
匕首《あひくち》を呑んで旅立つ。――青春の書にも蝕《ショク》があるといふこと
若鷹《わかたか》の眼を持つ、と曰《い》ふ――。運命に對峙し時と鬪ふ者は

4

絶頂《ゼッチヤウ》は二十歳《はたち》の夏！　と顧みるのは簡短だ。　生《セイ》の夕暮《セキボ》に

どうやつて父を殺すか。　霽れわたる空の下、　若さの三叉路に

犬死《いぬじに》の叔父の（祕藏《ヒザウ》の）書を焚きぬ。　廢絶となる故家《コカ》の地火爐《ヂクワロ》に

薔薇《ばら》園《エン》も荒れた――。　夜ごとに酔い癡れて（わが）頬も醜《みにく》く青ざめた

ひとり子《ご》は暴君となる――。　その父が英君だつたなら、　なほのこと

父祖の地も頽廢《すた》ると書いてその詩さへ詩人は弃《す》てる！　詩魂《シコン》諸共《もろとも》

父に冀《こひねが》つたこともある。みづからをみづからとして征《ゆ》かせよと
子を持たでひとりただ老ゆ。血食《ケッショク》の祭も絶えて久しくなりぬ
君に似た花だ――、と言つて心友《シンイウ》が、手折《たを》る。薄紫の菫《すみれ》を
みづからを生《な》ししも過失。朝ごとに甦り來る父への忿怒《フンヌ》
父に似てゆく己《おの》が身を映しゐる鏡は昏《くら》し。雪の晴間《はれま》に
遠くゐる父といふ敵《テキ》。上膊《にのうで》に彈痕《ダンコン》のある男だつたが

5

後世《のちのよ》の誰《たれ》に寄語《キゴ》せむ。暴虐の王の私慝《シトク》は傳ふ莫《なか》れと
青空に一刷《ひとは》毛《け》刷いたやうな雲。詩を書く人は皆虚言症《うそつき》で
日が翳る。父の短所のどれひとつ受け繼がずして長《チヤウ》ぜし末子《バッシ》
一輪の椿を活《い》ける。ひたぶるに父の仕打ちを數え上げつつ
弟の墓に灌《そそ》がむ！　血の色の（僅《はつ》かに苦《にが》き）美酒一盞を
記憶し終へたか？　死にゆく弟の嚙めば赤らむ耳朶《ジダ》の薄さを

何時《いつ》何處《どこ》で如何《どう》して無くしたのだらう。父から盜み取つた時計は
王も老いなば廢される。生き延びた繼嗣《ケイシ》も（終《つひ》の日に！）棄てられる
詩を忌みし父も（竊《ひそ》かに）讀んでゐたのか？　若書きの俺の詩集を
毀《そし》られるだらう。孤介《コカイ》の詩家にして父の誄歌は詠《よ》まで死にき、と
詩を墓となさばや！　月下《ゲツカ》、荒蕪《クワウブ》地《チ》の際涯《はたて》に忘《バウ》ぜられた墳墓《フンボ》と
鷲の眼で見て鋭《と》き蛇の舌で刺す詩人――。その燒け爛れた心

6

眠りの神《ヒュプノス》が父と競つて贏《か》ち得《う》べき、弟。不用意に睡りゐる

霽れわたる夏の一日《イチニチ》——。弟は（あはれ！）羊《ひつじ》の初生《うひご》の如し

風が吹く。夏の陽射しもやや冷めて午前十時に出づる葬列《サウレツ》

美しく生まれた者は疾《はや》く逝《ゆ》く。時には花の發《ひら》かぬうちに

殺人の現場は荒地。太陽が眩し過ぎたと誰《たれ》かが道《い》つた

家系圖《カケイヅ》は何處《どこ》で亂れた？　弟は父を貫く血に貫かれ

眷顧《かへりみ》られざる收穫《シウクワク》。　鳩胸の兄は謐《しづ》かに面《おもて》を伏せる

弟の誇りは弟の恥辱。　恥辱は兄が血をもて雪《すす》ぐ

永遠の夏は弟だけのもの。　父が干《をか》して兄が殺《あや》めた

弟を埋めよう。　凝血《ギヨウケツ》の色のモロッコ革の日記の中に

門戸《かどぐち》に伏《ふ》しゐる罪《つみ》よ。　血塗《ちまみ》れでゐても初初《うひうひ》しき兄の罪《つみ》

弟の屍骸《シガイ》に兄は添ひ寢して、　哭《な》く。　月桂樹《ローレル》の陰の天幕《テント》で

7

濡れそぼつ襯衣《シャツ》の走者《ソウシャ》を（伴走《バンソウ》の）時が置き去りにする夕暮《ゆふぐれ》
詩の中で若さを保つ弟を（やっぱり）嫉妬してゐる、兄は
護謨《ゴム》引《びき》の合羽《カッパ》の襟は立てて着る刺客《シカク》が隠し持ったる短劍《ダガー》
街娼《たちんボ》を殺《あや》めたあとで黑死病醫師《ペストいし》の假面の騎士は地に呑み込まれ
謎を解くべき市《まち》を指し三叉路を右に驅け抜けてゆく若武者
罪には罪を重ねよ。と、弟の血の聲《こゑ》地より我に叫べり

流離《さすらひ》の兄の額《ひたひ》に刻まれた痍《きず》。草原《サウゲン》はあくまで春で
腹掛《はらがけ》の男を買つて上膊《にのうで》に神の言葉を彫つてもみるか
永久《とことは》に若き弟。——老い果てて咳《しはぶ》く兄の張り番として
弟の髪の一房《ひとふさ》——。篋底《ケフテイ》に祕して父には手も觸れさせず
己が血を解き放つのも後《のち》の世《よ》に遺すべき詩篇を書いてから
漆黑の鬣を持つ時が食ひつくす——。全ての生ある者を

8

朝寒《あささむ》に抱《いだ》きぬ。少年の胸と少女の腰を持てる私娼《シシヤウ》を

新参の従僕をその主《あるじ》から奪ふ。骨牌《カルタ》の賭禄《かけもの》として

将官の職責として初物《はつもの》の士卒に自死の稽古を付ける

金髪《キンパツ》に碧眼《ヘキガン》。嫩《わか》き皇帝《クワウテイ》はそんな奴隷ばかりを取り寄せ

澄める眼に萌《きざ》す悖徳《ハイトク》。——展翅板上《テンシバンジヤウ》の何かを少年は刺し

従卒の無垢の背《せ》筋《すぢ》を佩剣《サーベル》の穂先で嬲る——。不時《フジ》の宿直《とのゐ》に

凝視《みつめ》てはならぬ。裸で睡りゐる椶櫚《シユロ》の木蔭《こかげ》の地《ヂ》の若者を
徒手空拳の男たち――。鬪爭《たたかひ》は幾世紀かを跨いで續く
養嗣子《ヤウシシ》と今は定めむ。老殘《ラウザン》の主君《シユクン》を振り回す僕僮《ボクドウ》を
弟の朱鷺色《ときいろ》の乳首《ちくび》を齧《か》みぬ。乳首《ちくび》は愛慾のために在る
拇指《おほゆび》で天穹《おほぞら》を指《さ》す！　移り氣で野鄙な子供と戲《たはぶ》れてから
娼婦より不實なものは少年と識りぬ。――星月夜《ほしづきよ》の一見《イチゲン》に

9

我等皆最後の夜に戀人を（銀三十枚で）賣る男
刀鋩《きつさき》に致死量の愛。佯狂《ヤウキヤウ》の弟日《おとひ》は兄に弟優《おとまさ》りして
禁獄の詩客《シカク》の稚《わか》さ――。見る夢は王位繼承者の鏖殺《みなごろし》
街燈が點る。今宵も（春を賣る）少年たちは薄粧《うすけはひ》して
星空を仰ぐ。否運《ヒウン》を託つ身で廢苑《ハイエン》に（不可視の）星空を
剪《き》らば剪《き》るべし。自らが掻き立てた戀の火《ほ》の穗《ほ》の丁子頭《チヤウジがしら》は

釁《ちぬ》られし一顆《イツクワ》の美珠《ビシュ》を投げ入れよ！　弑逆《シギヤク》の王の罪の酒坏《シュハイ》に
星影に透かし讀む遺書。意味深《イミシン》な「空白《クウハク》」が引用符の中に
明くる日は嫂《あによめ》なほし。叔父上《おぢうへ》は何時《いつ》の時代《ジダイ》も簒奪者にて
新帝の血の敕諚《みことのり》。——眞實を書いた詩人は腰斬《ヱウザン》に處す
あとは沈默——。父の死を傳へ來る使者は瘦軀《ソウク》にして黑盡《くろづく》め
殘曆《ザンレキ》は（言ふなれば）再生羊皮紙《パリンプセスト》——。詩を書き遺すなら己《おの》が血で

10

暮れさうで暮れぬ書室《ショシツ》に隠《こも》りゐる兄——。　いたづらに生《セイ》を偸《ぬす》んで

神託に曰く、——孤征《コセイ》の旅人《たびびと》よ、注意せよ！　死命《シメイ》の三叉路に

土砂降りの祝日——。その日、蛟龍《ドラゴン》の刺青《タトウー》は弟の背にありき

何からの引喩か？　逐はれゆく者の前額《ひたひ》に刻まれた創痕《きずあと》は

盲目《マウモク》の王の手を引くのは誰《だれ》だらう？　吹《ふ》き荒《すさ》ぶ北風の中

これがわが死装束《しにシヤウゾク》か？　巡歴の旅に傷んだ黒の外套《コート》が

當然のことだ。流浪《ルラウ》の一生の結着は死神《タナトス》が牛耳《ギウジ》る
ひとり聽く戰爭ソナタ。弟を先立ててから續く胸痛《キヨウツウ》
和栲《にきたへ》に包《くる》まれて嬰兒《みどりご》たりし日に得し疵《きず》が痛む。今また
瑠璃紺の海に投ぜよ！　麁栲《あらたへ》に巻かれて眠りゐる若者は
弟の屍體《かばね》を前にその兄は、――父の心が欲しい。と泣いた
汝《なれ》こそは、春！　寫眞帖《アルバム》に弟を（春の蛹《さなぎ》として）閉ぢ籠める

11

この星の終焉《をはり》を告げる口上《コウジヤウ》の役者は（未《いま》だ！）少年にして
先達《センダツ》て叔父を殺《あや》めた俳優《わざをぎ》に今日《けふ》は父殺《パリサイド》しの役を振る
神以《シンもつ》て父の誄歌も弟の挽歌も詠まじ——。さう誓ひしが
勇《ユウ》を言ふ可からず。時の寵眷《チヨウケン》をめぐる軍旅に敗《ま》けたあとでは
アリバイはあるか？　親父《おやぢ》が死んだ日に俺はローマの娼館《シヤウクワン》にゐた
三叉路で出逢《であ》ふ。非命《ヒメイ》の青年の葬列とその父のそれとが

降り止まぬ藍鼠《あゐねず》の雨——。家系樹《カケイジユ》の果實《クワジツ》はすべて腐つて落ちた
復讐の女神《エリーニユス》たちに傳へよ、——端無くも父を殺したかもしれない。と
驟然《シウゼン》と吹雪《ふぶ》く心の夕《ゆふ》まぐれ。愛は（畢竟《ヒツキヤウ》）殺意を孕む
内亂は敍事詩に仕立つ。一族の鬩牆《ゲキシヤウ》は（酸つぱい）譚詩《バラツド》に
戴白《タイハク》の仕者《シシヤ》が告來《つげく》る吉報はすなはち訃報。——黄葉《もみ》つ世《よ》からの
崩れゆく銀河の響き——。今日《けふ》の日が私《わたし》を生んで、そして、亡《ほろ》ぼす

12

霹靂神《はたたがみ》、鳴りぬ——。心に（ただひとり）天壤《テンジヤウ》を蠱《まじ》る俺がゐて
雷霆《ライテイ》に撃たれよう。地獄では（梟將《ケウシヤウ》）カパネオの如《ごと》、傲然《ガウゼン》と
黑き紗《シヤ》に冒《おほ》ひぬ。戎裝《ジユウサウ》の父の（舊《ふる》びて嚴《いか》めしき）肖像畫《ポルトレ》を
眞《ま》つ新《さら》な心にて見よ！　無限大の記號を空に圖《ゑが》く。鵟《のすり》が
噬臍《ゼイセイ》の心もて歩みて邁《ゆ》かな——。空氣遠近法《クウキエンキンハフ》の世界を
玄冬《ゲントウ》の孤客《コカク》わが色褪せてゆく胸の奥處《おくか》に懸かる夕霓《ゆふにじ》

天國に近き窓《まど》から星影が射《さ》す。　聖堂《セイダウ》の床《ゆか》の墓表《ボヘウ》に
父と子の瞑《くら》き眼と眼で結ばれし誓盟《ちかひ》を解《ほど》く——。　己《おの》が血をもて
革命に詩人が死んで斷絶の敍事詩——。　その草稿を燃やしぬ
敢へて説く暴君放伐論《モナルコマキア》——。　重創《ヂユウサウ》の王子が王の龕柩《ひつぎ》を覗く
一握《イチアク》の父の遺灰を弟の遺灰に混ぜて撒かむ。　——荒野《クワウヤ》に
卓上《タクジヤウ》の片眼鏡《モノクル》、　光る。　駸駸《シンシン》と朽ちゆく己《おの》が父と寝た夜

VII

Acknowledgements

詩の方尖塔《オベリスク》

an acrostic

鈴が音の驛馬驛《はゆまうまや》ゆ——、旅客《たびびと》の衣嚢《イナウ》にも一帙の詩集が
木の暮の榻《タフ》に睡れる青年は詩人。洋墨《インキ》に指を染めゐる
一盞の美酒と一首の若書きの詩篇。泡立つ世界の夕暮《セキボ》
民庶皆擧《こぞ》り購《あがな》ふ書物ではない。——が、百年殘る一冊
書窗から射す朝影に驚きぬ。國禁《コクキン》の書を讀み耽りゐて
肆力して孤介《コカイ》の詩家《シカ》が書き終へる一篇の詩の中の內亂

山巓を染めて豪奢《ガウシャ》な夕陽《セキヤウ》に翳《かざ》す——。金箔押《キンパクおし》の書籍《ショジャク》を
田園詩人も都市派の吟客《ギンカク》も乗せて白紙状態《タブラ・ラサ》の艀《ふね》は征《ゆ》く
大きやかなる酒坏《グラス》には東西の古今《ココン》の詩句《シク》を混《コン》じて注《そそ》げ
泉韻は潺湲《センクワン》として（緑髪《リヨクハツ》の）水の精《ウンディーネ》が詩を吟ずる如し
史上もつとも危険な書鋪《ショホ》に革命派詩人と急進派編輯者
世に問ひし詩書の數數。滿天の星にも屆く詩の方尖塔《オベリスク》

*

目録

初出一覧——

アフリカを望んで——読む短歌・詠む短歌Ⅱ（二〇一五年九月）
ポポカテペトルの麓で——読む短歌・詠む短歌Ⅱ（二〇一六年一月）
死ににゆく旅——読む短歌・詠む短歌Ⅱ（二〇一六年九月）／無名の会（二〇一七年九月）
爽やかに泣く——「短歌往来」二〇一六年一二月号（特集・題詠による詩歌句の試みⅩⅣ生老病死）
新・七竈——読む短歌・詠む短歌Ⅱ（二〇一七年一月）
あけぼの杉の並木を過ぎて——「短歌研究」二〇一七年二月号

死にいそぐ――「現代短歌」二〇一七年一二月号
（美を見失ふ）――無名の会（二〇一八年一一月）／「現代短歌」二〇一九年五月号
星屑の夜会《ソワレ》 a satire――無名の会（二〇一八年一一月）
歌を撰る――無名の会（二〇一九年四月）
山の段――無名の会（二〇一九年五月）
（父と寝た夜）――無名の会（二〇一九年一一月）
詩の方尖塔《オベリスク》 an acrostic――本書

「読む短歌・詠む短歌Ⅱ」および「無名の会」は著者を中心とした勉強会であり、作品のエスキスが朗読用資料として配られた。これを初出テクストと考え、本一覧にはそれぞれの会の名称とその会における最終稿配付の年月を記載した。

石井辰彦の著書——

創作

『七竈』(造本＝著者、深夜叢書社、一九八二年)

『墓』(造本＝著者、七月堂、一九八九年)

『バスハウス』(装訂＝加藤光太郎、書肆山田、一九九四年)

『海の空虚』(装訂＝加藤光太郎、不識書院、二〇〇一年)

『百花残《ヒヤククワくづ》る。と、聞きもし、見もし……』(西山美なコとの共同制作、英訳＝佐藤紘彰、造本＝白井敬尚、ギャラリーイヴ、イヴ叢書IX、二〇〇三年)

『全人類が老いた夜』(写真＝普後均、装訂＝亜令、書肆山田、りぶるどるしおる51、二〇〇四年)

『蛇の舌』（装訂＝亜令、書肆山田、二〇〇七年）
『詩を弃て去つて』（装訂＝間村俊一、書肆山田、二〇一一年）
『ローマで犬だつた』（ブックデザイン＝白井敬尚、書肆山田、二〇一三年）
『逸げて來る羔羊』（装訂＝亜令、書肆山田、りぶるどるしおる81、二〇一六年）

撰集
『石井辰彦歌集』（英訳＝佐藤紘彰、装訂＝三嶋典東、砂子屋書房、現代短歌文庫151、二〇二〇年）

評論
『現代詩としての短歌』（装訂＝亜令、書肆山田、りぶるどるしおる31、一九九九年）

あけぼの杉の竝木を過ぎて＊著者石井辰彦＊発行二〇二〇年五月三〇日初版第一刷＊装幀亜令＊発行者鈴木一民発行所書肆山田東京都豊島区南池袋二‐八‐五‐三〇一電話〇三‐三九八八‐七四六七＊印刷精密印刷ターゲット石塚印刷製本日進堂製本＊ＩＳＢＮ九七八―四―八七九九五―九九八―〇

りぶるどるしおる　*les livres de luciole*　☆印＝近刊

1 うまやはし日記　吉岡実
2 伴侶　サミュエル・ベケット／宇野邦一
3 方位なき方位　底なき井戸　豊崎光一／ヴィクトール・セガレン
4 見ちがい言いちがい　サミュエル・ベケット／宇野邦一
5 航海日誌　ハンス・アルプ／高橋順子
6 慈悲心鳥がバサバサと骨の羽を拡げてくる　土方巽／吉増剛造
7 私は、エマ・Sを殺した　エマ・サントス／岡本澄子
8 死の舟　吉増剛造
9 時間のない時間　芒克／是永駿
10 闘いの変奏曲　アメーリア・ロッセッリ／和田忠彦
11 日付のない断片から　宇野邦一
12 小津安二郎の家――持続と浸透　前田英樹
13 聖女たち――バタイユの遺稿から　ジョルジュ・バタイユ／吉田裕
14 廊下で座っているおとこ　マルグリット・デュラス／小沼純一
15 オイディプスの旅　アンリ・ボーショー／宮原庸太郎
16 波動　北島／是永駿
17 言語の闇をぬけて　前田英樹
18 小冊子を腕に抱く異邦人　エドモン・ジャベス／鈴村和成
☆19 映像の詩・詩の映像　ピエロ・パオロ・パゾリーニ／和田忠彦
20 去勢されない女　エマ・サントス／岡本澄子
21 星界からの報告　池澤夏樹
22 セメニシュケイの牧歌　ジョナス・メカス／村田郁夫